四行集

西原大輔

七月堂

四行集——目次

I　追憶詩篇

かくれんぼ……17
遠足の朝……18
七里ヶ浜の夏……19
切ない記憶……20
病欠……21
日曜日の空……22
ゴミ集積所の記憶……23
早朝の通学路……24
中学受験の神童たち……25
中学生の夢……26
恋する少女へ……27
電車の中の女子高生……28
合格発表日……29
学園西大通り……30
学生時代を思う……31
幻の人……32
人を思う……33
もしもあの時……34
最終列車……35

II　諦念詩篇

山……39
鏡……40
平凡へのささげもの……41
猫の悲しみ……42
時に及んで……43
夜……44
病を養う……45
古い夫婦……46
天井を眺めつつ……47
不条理……48
桃源郷……49
不発花火……50
詩の救い……51
文化を作る人……52
種を蒔く……53
自分を励ます……54

III　広島詩篇

暖国の雪……57
因島山頂展望……58
村の少女……59
仕事帰り……60
通勤帰りの田舎バス……61
東京万歳……62
流川十景　其一　ご出勤……63
流川十景　其二　同伴出勤……64
流川十景　其三　老妓……65
流川十景　其四　不景気……66
流川十景　其五　お見送り……67
流川十景　其六　人生クラブ……68
流川十景　其七　身を沈める日……69
流川十景　其八　連れ込み宿……70
流川十景　其九　三等移民……71
流川十景　其十　黒服の男……72

Ⅳ　大学詩篇

令和の校地……75
地方困窮大学……76
派閥の嵐……77
もめごと……78
災禍の源……79
お掃除係の障害者……80
一兵卒に返る……81
塵を払う……82
書斎にて……83
教授作家問答……84
シンガポール国立大学Uタウンにて……85
シンガポール国立大学の立派なキャンパスにて我が国の地方国立大学が衰退する原因を思う……86
日曜日のシンガポール国立大学AS 4棟三階にて……87
シンガポールから一時帰国して……88
転職にあたり研究室を整理しつつ元ゼミ生らを思う……89
研究室の整理……90
学生たちは川のように……91

V　時間詩篇

糸……95
蒲団を敷く……96
百貨店のエスカレーターにて……97
また会いましょう……98
旅先にて……99
時間……100
全てのものが美しさに満ちて……101
人生行路……102
嗚呼……103
年賀状……104
同窓会名簿……105
新しい墓を見て……106
三十代で脳死した臓器提供者の女性を思う……107
五十六歳の点滴……108

VI　生活詩篇

南風……111
西郷山公園……112
行く春や……113
平凡……114
落とし物……115
夜の雨……116
武蔵境駅のベンチにて……117
ドトール・コーヒーにて……118
日本の雨……119
国旗……120
大切な言葉……121
言葉の不思議……122
内なる声……123
団塊歌手……124
女醜四題　其一……125
女醜四題　其二……126
女醜四題　其三……127
女醜四題　其四……128

Ⅶ　父母詩篇

最後の家族写真……131
父の遺品整理……132
お線香……133
山上の納骨式……134
一周忌……135
忘れていたことを忘れて……136
老人ホーム入居日……137
実家が空き家になる日……138
空き家の花……139
空っぽの実家……140
面会……141
老人ホームの面会……142
歩行器の母を支えて……143
人生の風景……144
面会の帰り道　其一……145
面会の帰り道　其二……146
原点……147
虎の門病院の窓から　其一……148
虎の門病院の窓から　其二……149
虎の門病院の窓から　其三……150

火葬場の一列 其一……151
火葬場の一列 其二……152
火葬場の一列 其三……153
江の島中津宮の小展望台に両親のアルバム写真の場所を訪ねて……154
あとがき……159
鎌倉霊園遠望……155
鎌倉霊園……156
雪中墓参……157
墓石……158

四行集

I

追憶詩篇

かくれんぼ

息を殺して藪《やぶ》の中
二人で小さく丸まった
君と僕との秘め事を
なぜか今でも守っている

遠足の朝

いつもと違う登校日
突然一人が駆け出した
続いてみんなが駆け出した
歩いてなんかいられるか

七里《しちり》ヶ浜《がはま》の夏

雲湧き上がる夏の日に
海へと急ぐ少年よ
この日を憶《おも》う後《のち》の日も
江ノ島電車は走るだろう

切ない記憶

小学五年の春の日に
クラスのかわいい女の子
小学五年の春の日よ
遠くに転校していった

病欠

風邪に寝てふと思い出す
小学校を休んだ日
気安さと後ろめたさと
母に甘える嬉《うれ》しさと

日曜日の空

クレーンはビルの屋上
傾いて空を指さす
流れゆく白雲《はくうん》一つ
遥かなり少年の日々

ゴミ集積所の記憶

君たちは日本の希望
団地の大人はそう言った
貧しい昭和を知る僕の
未来は今もそこにある

早朝の通学路

バキューム・カーは臭《くさ》かった
学歴つけて良い暮らし
手に入れようと急ぐ道
昭和の夢のありのまま

中学受験の神童たち

天才と呼ばれた子らは
いつかみな限界を知る
人生はそれでも続く
平凡な景色の中で

中学生の夢

夢多かりし若き日の
夢見た夢の甘さかな
清き少女《おとめ》の含羞《はにかみ》と
甘き乳房《ちぶさ》の滴《したた》りと

恋する少女《しょうじょ》へ

歯を美しく磨きましょう
お肌に化粧をいたしましょう
心を綺麗に整えて
誰かに会いに出かけましょう

電車の中の女子高生

僕は真実驚いた
昔のひとにそっくりだ
あれから既に三十年
少女のはずはないのだが……

合格発表日

東大合格三千人
多くは疲れて心朽ち
精神年齢八十歳
十八にして世を悟る

学園西《にし》大《おお》通《どお》り

夕暮れの並木の道は
若き日の追憶の道
この道をひたすら行けば
あの日へと戻るだろうか

学生時代を思う

足音もなく時は逝《ゆ》き
嘆けど返らぬ若き日よ
今なお青く輝くは
心の奥の筑波山《つくばさん》

幻の人

湖畔の芝生に座る時
そっとあなたがやってくる
もう会うこともない幻の
ただ懐《なつ》かしいあの人が

人を思う

あなたの切ない求愛を
未熟な僕は切りました
遠いあなたの三十年
思うでしょうかあの夜《よる》を

もしもあの時

選ばなかったあの道の
行手《ゆくて》を誰も知りません
だから今でも考える
あの決断で良かったかと

——フロスト「選ばなかった道」改編

最終列車

若き日を楽しむ前に
終電の時刻は過ぎた
人気《ひとけ》ないホームに立って
もう来ない青春を待つ

――高見順「汽車は二度と来ない」改編

II

諦念詩篇

山

私の心は行《ゆ》き詰《づ》まり
遥かに山を仰ぎ見る
山は私に問いかける
黙って私に問いかける

鏡

大志を抱《いだ》いた若き日の
これが夢見た将来か
これが願った未来なら
鏡の老いた顔を見よ

平凡へのささげもの

静かに敗れた人々に
小さな花を捧《ささ》げよう
諦《あきら》めの上　悔《く》いの横
白い花輪をそっと置く

猫の悲しみ

虎になろうと頑張った
ふと気がつくと猫だった
猫撫《な》で声で人に媚《こ》び
小さな餌を追っている
――金素雲《きんそうん》訳、柳致環《りゅうちかん》「猫」改編

時に及んで

それほど励んだ学問も
大した成果は出なかった
売れない著書を手にとって
我が身の非才をただ嘆く

夜《よる》

こんな日が昔もあった
夜明けまで音楽を聞く
気にかかることの数々
眠られず音楽を聞く

病《やまい》を養う

病を養う食卓は
塩なくタレなく肉わずか
やや温かな部屋に坐し
灯下の書物に目を落とす

古い夫婦

思い出は過去に流され
追憶のみが美しい
二人はいつも生きている
やさしく静かな諦《あきら》めを

——ソロー『森の生活』改編

天井を眺めつつ

書を把《と》るに懶《ものう》い夜《よる》は
来《こ》し方《かた》を静かに思う
人生の悩みは尽きず
気がつけば空はや白む

不条理

生んで欲しいと自分から
頼んだ覚えはないのだが……
理不尽だらけの人生を
引き受けるより道はない

桃源郷

憧れの地は空遠く
流れる雲の旅の果て
私の行けないその国で
私は常に幸せだ

——ボードレール「どこでも此世《この》の外へ」改編

不発花火

音だけの花火が上がり
もう僕の夢は終わった
人生はそれでも続く
靴沈むこの砂道に

詩の救い

自分の無能に絶望し
夜半《よわ》に目覚めてただ悩む
明くれば空晴れ風が吹き
再び詩を読む僕がある

文化を作る人

食えるのはいつも少数
周囲には貧しさがある
夢を追う僕たちの明日《あす》
殿堂に石一つ積む
——与謝野晶子「劫初より」改編

種を蒔《ま》く

花を願って蒔く種を
鳥ついばんで夢消える
たとえ潰《つい》えて滅ぶとも
花を願って蒔く種よ

――三好達治「花のたね」改編

自分を励ます

さっさとこの世を生き抜いて
あっさり死んでゆきましょう
何かと悩みは尽きぬもの
さっさと生きてゆきましょう

Ⅲ　広島詩篇

暖国《だんごく》の雪

今日は随分降りますね
見知らぬ人が僕に言う
様《さま》にならない瀬戸内の
雪が僕らを近くする

因島《いんのしま》山頂展望

私がここにいなければ
誰が覚えているだろう
この島　この海　この船の
一筋長いこの白波を

――田中克己《かつみ》短歌「この道を」改編

村の少女

村のお洒落な少女《しょうじょ》たち
君らはここで老いるでしょう
時々町に出かけては
故郷の山を愛すでしょう

仕事帰り

義務を果たした夕暮れに
涼しい風が吹いてきた
他人に買われた一日を
静かに惜しめと言うように

通勤帰りの田舎バス

バスは夕陽《ゆうひ》をひた走る
我が人生を揺らしつつ……
後ろの窓から道見れば
過去がうねって消えてゆく

東京万歳

地方はそこそこ快適だ
だが最高の人がいない
飛び抜けた才能集う
特別な東京万歳

流川《ながれかわ》十景 其一　ご出勤

夕方六時の街頭に
脂粉《しふん》の香りが満ちてくる
お姉様らがいそいそと
路地の奥へと消えてゆく

流川十景 其二 同伴出勤

背広とドレスが道を行く
話はあまりかみ合わず
ぎこちない手が腕を持つ
両人《りょうにん》薄暮の街を行く

流川十景 其三　老妓

古い着物が前を行く
まだらの質素な日本髪
巷《ちまた》で長く生き抜いた
無理と疲れがほつれている

流川十景 其四　不景気

狭斜《きょうしゃ》の巷《ちまた》うらさびて
歌舞音曲の響きなし
客引きちらほら辻に立ち
かすれた月を仰ぎ見る

流川十景　其五　お見送り

女が三人道に出て
タクシー一台呼び止める
社長の見送り賑《にぎ》わしく
車はなかなか動かない

流川十景 其六　人生クラブ

盛りを過ぎたホステスが
安い店へと落ちてゆく
二流の客に媚《こび》を売り
自ら線を引き下げる

流川十景　其七　身を沈める日

キャリーバッグを引きずって
若い女が店に着く
「ここだ、ここだ」とつぶやいて
扉に半分身を入れる

流川十景 其八　連れ込み宿

うまい所にあるものだ
一筋裏の細い道
女が一人で出入りする
遅れて男が宿を出る

流川十景　其九　三等移民

駐車場の壁の蔭
今日もやっぱり立っている
韓国人の立ちん坊
たぶん四十《しじゅう》は過ぎている

流川十景 其十　黒服の男

早朝六時のビルの前
ホストの男がうずくまる
仕事の酒は身に重く
行きかう人の靴を見る

＊「流川十景」の初出は、『広島県詩集』第三十四集、二〇二四年

Ⅳ　大学詩篇

令和の校地《キャンパス》

大学に打算はびこり
職のないポスドクの群れ
国からの資金は涸《か》れて
幹部のみ地位に汲々《きゅうきゅう》

地方困窮大学

縮小　削減　先細り
それでも教授は良い方だ
三年助教の綱渡り
来年の職ありやなし

派閥の嵐

職場の騒動急を告げ
天地に身を置く所なし
葉は飛び　枝折れ　雲低く
風雨に我が身を傾ける

——ジャン・フランソワ・ミレー《突風》による

もめごと

そんなつまらぬ輩《やから》とは
同じ土俵に乗らぬこと
秀《ひい》でた人をただ思え
我が目標をいや高く

災禍《さいか》の源《みなもと》

善良な普通の人が
無慈悲極まる加害者に……
ほんの小さな保身から
世に禍《わざわい》が満ち満ちる

お掃除係の障害者

神に仕《つか》える聖職か
一念修行の大徳《だいとく》か
人に役立つ喜びを
ただ満面の青バケツ

一兵卒《いっぺいそつ》に返る

多忙な職を勤め上げ
平《ひら》教員に舞い戻る
食事が美味《うま》い　詩が浮かぶ
幸福感が身に満ちる

塵を払う

多忙を極めた一か月
書架にうっすら塵がある
埃《ほこり》を払って本を読む
積もれば払ってまた学ぶ

書斎にて

平凡な講義を終えて
夜遅く机に向かう
広大な学問の野で
僕は心に火を放つ

教授作家問答

ノリとハサミの研究者
ゼロから生み出す小説家
学者の書斎本万巻《ばんかん》
文人生涯筆一管《いっかん》

シンガポール国立大学
U《ユー》タウンにて

惜しみなく資金を注ぎ
昇りゆく大学楽し
沈みたる我が国思い
熱帯の白雲《はくうん》仰ぐ

シンガポール国立大学の立派な
キャンパスにて我が国の地方国
立大学が衰退する原因を思う

教授が怠けているからだ
そう思い込んでいるらしい
予算を削る我が国と
投資を惜しまぬこの国と

日曜日のシンガポール国立
大学AS4棟三階にて

昔の職場を訪れた
林《りん》先生は既に亡く
同僚たちは散り散りに
ここはさながら夢の跡

シンガポールから一時帰国して

夕日に紅葉《もみじ》は静まって
ここは日本の国なんだ
神社の森に旗が立ち
ここが私の国なんだ

転職にあたり研究室を整理
しつつ元ゼミ生らを思う

ここで学んだ教え子ら
どこで何しているのやら
部屋たたみつつ今思う
十数年の会い別れ

――丸山薫「花の芯」改編

研究室の整理

蔵書をごっそり処分した
受賞の証書もみな捨てた
だがゼミ生の寄せ書きは
両手で抱《だ》いて死ぬだろう

学生たちは川のように

研究室の内外《うちそと》を
流れて行った学生たち
君らが残した瞬間を
僕は両手ですくい取る

V 時間詩篇

糸

僕の先祖の川上《かわかみ》は
天保頃《てんぽうごろ》で消えている
細く微《かす》かなその血筋
悲しい時はただ思う

蒲団《ふとん》を敷く

人生の旅を忘れて
日常の錯覚に寝る
くるまったいつもの蒲団
昨日より遠くで眠る

百貨店のエスカレーターにて

しょぼい姿の爺《じい》さんが
鏡の中に立っている
顔には幾筋《いくすじ》シワがあり
まるでどこかの老人だ

また会いましょう

また会おうねと言う時は
これが最後と思いたい
平凡な日に忍び込む
老少不定《ろうしょうふじょう》　会者定離《えしゃじょうり》

旅先にて

また来ることはないだろう
ふと訪れたこの町に
楽しく愉快な旅先で
戻らぬ時を感じている

――伊藤信吉「旅」改編

時間

夏の日差しはひたひたと
静かに命を削り取る
時が止まった昼《ひる》下《さ》がり
時の流れる音がする

全てのものが美しさに満ちて

ごく平凡な風景が
突如輝く瞬間《とき》がある
これが「末期《まつご》の目」なのか
天地悠久　時は逝《ゆ》く

——千家《せんげ》元麿「凡《すべ》てのものが親しく」改編

人生行路

旅人よ　道を急げと
波の音　時が寄せくる
今月も訃報ちらほら
蟬が鳴き夏は過ぎゆく

——三好達治「旅人」改編

嗚《あ》呼《あ》

僕が世を去るその日にも
山手線《やまのて》は走るだろう
いつものようにベルが鳴り
人は家路を急ぐだろう

年賀状

古い賀状を整理して
死者の多さに驚いた
「今年も」が最後になった
一枚の赤い葉書よ

同窓会名簿

名を上げた友の隣に
幸《さち》薄き落命の人
春秋《はるあき》に花は咲き散り
一人また一人と逝《ゆ》くか

——高青邱《こうせいきゅう》「閶門舟中逢白範」改編

新しい墓を見て

年ごとに墓が加わり
古墓《ふるばか》は運び去られる
死してなお栄枯盛衰
砕かれて砂利石《じゃりいし》となる

――「古詩十九首其十四」改編

三十代で脳死した臓器
提供者の女性を思う

さぞかし無念だったでしょう
あなたの最期の贈り物
尊いあなたの腎臓は
私の体で生きています

五十六歳の点滴

ぽつぽつと滴《しただ》る命
見上げれば残り少なし
ただ思う未完の仕事
月日との走り比べを

VI　生活詩篇

南風《みなみかぜ》

東京に吹く南風《なんぷう》は
大島の風　伊豆の風
八丈島に小笠原
マリアナの風　赤道の風

西郷山《さいごうやま》公園

丘に登れば晴れ晴れと
遠く家並《やなみ》を見はるかす
芝生は豊かに傾いて
富士さえ我が身を出迎える

行く春や

若い頃大病《たいびょう》したので
穏やかな春を愛する
うっとりと眠気に任せ
人生の午後を楽しむ

——与謝蕪村「重たき琵琶の」改編

平凡

かつて病《やまい》で苦しんだ
だから私は知っている
日々の雑事に囲まれて
時が過ぎゆく幸福を

落とし物

雑踏に手袋忘れ
手袋の温《ぬく》もり悲し
手袋は踏みにじられて
胸痛むあの手袋よ

夜の雨

空遠く雷鳴を聞く
窓近く雨音を聞く
家にいて心は遥か
しばらくは旅人となる

武蔵《むさし》境《さかい》駅のベンチにて

中央線は群衆を
次々西へと運び去る
薄暮の電車を見続けて
ふとこの世界が遠くなる

ドトール・コーヒーにて

ビジネスマンが実務書に
赤い下線を引いている
退職したら用なしの
本に真摯《しんし》な眼《め》を落とす

日本の雨

命に限りがある故《ゆえ》に
切《せつ》に密《ひそ》かにただ願う
祖国を潤す一粒の
雨の滴《しずく》になりたいと

国旗

風に吹かれる旗を見よ
我らが国の哀しみと
高き誇りの切なさを
ハタハタハタハタハタひるがえる

大切な言葉

記してみればあまりにも
平凡すぎて嫌《いや》になる
思い余って書いた詩を
そっとノートにしまいこむ

――茨木のり子「言いたくない言葉」改編

言葉の不思議

日本語は公共のもの
僕の詩は僕だけのもの
一人のものでありながら
誰のものでもない言葉

内なる声

耳傾けよ　その声に
自分ですらも気づかない
心の奥に響く声
真実語るその声に

団塊歌手

金持ちがジーパンはいて
反抗のギターを鳴らす
いつまでも若くと叫ぶ
年老いた青春の歌

女醜四題 其一

慎《つつし》みもなく恥もなく
口を極めて罵倒する
人の幸せ妬《ねた》む顔
醜い女　君を見る

女醜四題 其二

あんな人とは違うわと
家柄財産誇る口
「父はこんなに偉い人」
高慢女　君を見る

女醜四題 其三

許し与えた恩恵を
すぐ特権と思い込む
「私はそれだけ価値がある」
ずずしい女　君を見る

女醜四題 其四

うまくゆかない原因を
全て他人のせいにする
喚《わめ》き罵《ののし》る高い声
感情女　君を見る

Ⅶ　父母詩篇

最後の家族写真

ある平凡な日曜日
父が「写真」と言い出した
秘かに感じていたのだろう
これが最後になることを

父の遺品整理

服も書籍も処分した
残った箱はただ五つ
こんなに小さなものなのか
八十余年の人生は

お線香

これが命の長さだと
位牌《いはい》の前で学びます
どうか私の線香が
ぷつりと途中で折れぬよう

山上《さんじょう》の納骨式

読経《どきょう》の僧侶に風が吹き
頑固な父は土に帰す
とどのつまりはこれで良い
良かったのだと風が言う

一周忌

僕たち四人のためだけに
僧侶は低く経を読む
父の死はもう過去のこと
納得せよと言うように

忘れていたことを忘れて

秋風《あきかぜ》冷たい月の宵《よい》
ふと亡き父を思い出す
慌《あわ》てて僕はただ悔《く》いる
父を忘れていたことを

老人ホーム入居日

またすぐ帰る気安さで
母は素直に家を出た
僕らは秘かに知っていた
これが最後になることを

実家が空き家になる日

ついに最後の時が来た
新居の匂いが嬉しくて
僕は廊下を駆けたんだ
それが最初の日だった

空き家の花

今年の庭に咲いたのは
母の手《て》植《う》えのチューリップ
老人ホームへ行ったまま
二度と帰らぬ母の花

空っぽの実家

この部屋でごはんを食べた
この場所で言い争った
父と母　そして弟
今は空き家のこの家で

面会

私はとっても幸せと
母は会うたびそう語る
二度と戻らぬあの時代
昔はごめんね　お母さん

老人ホームの面会

前にいるのは息子です
あなたが産んだ大輔です
母の記憶の奥底に
大きな声で呼びかける

歩行器の母を支えて

「元気だね、お母さん」と
言いながら後ろに歩く
お母さんのあんよは上手
あんよは上手お母さん

人生の風景

老人ホームの夕食だ
黄色い光が窓を漏《も》れ
「安楽」「孤独」が交差する
ああ人生の風景だ

面会の帰り道　其一

泣きながら駅へと歩く
小さくなったお母さん
「お母さん」と泣きながら
帰った幼き日を思う

面会の帰り道　其二

泣きながら駅へと歩く
「お母さん」と呼びながら
道には梅の赤い花
道には梅の白い花

原点

もしも時間が止まったら
急いで過去へと駆け戻ろう
母に抱かれて寝る僕の
はかない至福を確かめに

虎の門病院の窓から　其一

ビルは巨大な墓だった
都心は果てなき墓地だった
お母さんが死んだのは
僕が入院中のこと

虎の門病院の窓から　其二

甘えた子供の真似をして
「お母さん、お母さん」と呼んだのだ
夜は道行く人もなく
答える人さえないままに

虎の門病院の窓から　其三

とても悲しい詩ができて
罰あたりにも喜んだ
豪華な夜景の虎の門
初七日《しょなぬか》さえも過ぎぬころ

火葬場《ば》の一列　其一

鉦《かね》打つ導師《どうし》を先頭に
黙《もく》して歩む黒い列
位牌《いはい》の母はささやいた
次はあなたの番ですと

火葬場の一列　其二

死出《しで》の旅路の前方に
そびえる壁が現れた
わずか二分の葬列よ
我らが命の一〇八秒

火葬場の一列　其三

扉が静かに動く時
扉が静かに閉まる時
扉が固く閉じた時
扉の前を去った時

江の島中《なか》津《つ》宮《みや》の小展望台に両親のアルバム写真の場所を訪ねて

母はこの場にすっと立ち
父のカメラに収まった
昭和三十九《く》年夏
僕が生まれる前のこと

鎌倉霊園遠望

山《やま》一面の墓石《はかいし》だ
左右の墓標は丘を越え
運命　人生　時の果て
我らの行方《ゆくえ》を物語る

鎌倉霊園

子供に迷惑かけまいと
父母《ふぼ》が選んだ合葬墓《がっそうぼ》
切ない死後のつつましさ
そのうち僕も参ります

雪中墓参《せっちゅうぼさん》

静かに雪を踏みましょう
亡き人思う悲しみと
やがて我が逝《ゆ》く哀《かな》しさと
静かに雪を踏みましょう

——三好達治「雪」改編

墓石《ぼせき》

刻みこまれた父母《ふぼ》の名を
両手で触って確かめる
僕は秘かに知っている
石砕《くだ》かれる遠い日を

あとがき

第八詩集『四行集』は、七五小曲形式で書いた四冊目の詩集です。『七五小曲集』『掌《てのひら》の詩集』『本詩取り』の順に、十五年以上にわたって、四行定型の短詩を作り続けてきました。

『四行集』には、広島在住時の詩と、令和三（二〇二一）年以降に東京で制作した詩を収めてあります。今読み返してみると、Ⅱ「諦念詩篇」やⅣ「大学詩篇」には無力感が漂っており、地方国立大学貧窮化のなかで、希望を失いかけていたことが思い出されます。

広島の街には、今も愛着を感じています。平成十六（二〇〇四）年からの十七年間、バスに乗って市内外のあちらこちらを探索し続けました。そのため、各所の通りの風景が目に鮮やかに焼き付いています。特に、潮の干満に従って水位が昇降する京橋川の風景は、私の記憶に深く刻まれました。

東京に移って間もない令和三年七月に父が亡くなり、令和五年五月には母を失いました。Ⅶ「父母詩篇」にある通りです。生来の懐古癖もあり、昔を思い出すことも多いです。

広島大学出身で周防大島在住の水野愛《ちか》さんの装幀で、この八冊目の詩集を編むことができました。出版して下さったのは、三十年以上のお付き合いになる七月堂。ありがたいことです。

著者略歴

西原大輔（にしはら・だいすけ）

1967（昭和42）年3月、東京生まれ。聖光学院、筑波大学、東京大学大学院に学ぶ。シンガポール国立大学、駿河台大学、広島大学を経て、現在東京外国語大学教授。

詩集

『赤れんが』（私家版、1997年）
『蚕豆集』（七月堂、2006年）
『美しい川』（七月堂、2009年）
『七五小曲集』（七月堂、2011年）
『掌の詩集』（七月堂、2014年）
『詩物語』（七月堂、2014年）
『本詩取り』（七月堂、2018年）

著書

『日本名詩選1・2・3』（笠間書院、2015年）
『一冊で読む 日本の近代詩500』（笠間書院、2023年）
『一冊で読む 日本の現代詩200』（笠間書院、2024年）
ほか

四行集

2025年5月1日　発行

著　者　　　西原　大輔

発行者　　　後藤　聖子
発行所　　　七　月　堂
〒154-0021　東京都世田谷区豪徳寺1-2-7
電話　03-6804-4788
ＦＡＸ　03-6804-4787

装　幀　　　水野　愛

印刷・製本　株式会社渋谷文泉閣

Printed in Japan
ISBN 978-4-87944-601-5　C0092